La W

La W

Texto: Mercedes Olivet Sánchez
Ilustraciones: Raquel Díaz Reguera

edebé

© del texto, Mercedes Olivet Sánchez, 2014
Autora representada por Silvia Bastos, S.L. Agencia Literaria.
© de las ilustraciones, Raquel Díaz Reguera, 2014

© Ed. Cast.: edebé, 2014
Paseo de San Juan Bosco, 62
08017 Barcelona
www.edebe.com
Atención al cliente 902 44 44 41
contacta@edebe.net

Directora de la colección: Reina Duarte
Edición: Elena Valencia
Diseño de cubierta: Francesc Sala

Primera edición, febrero 2014

ISBN 978-84-683-1167-8
Depósito Legal: B. 26041-2014
Impreso en España
Printed in Spain
EGS - Rosario, 2 - Barcelona

Para Wim y Wendem.

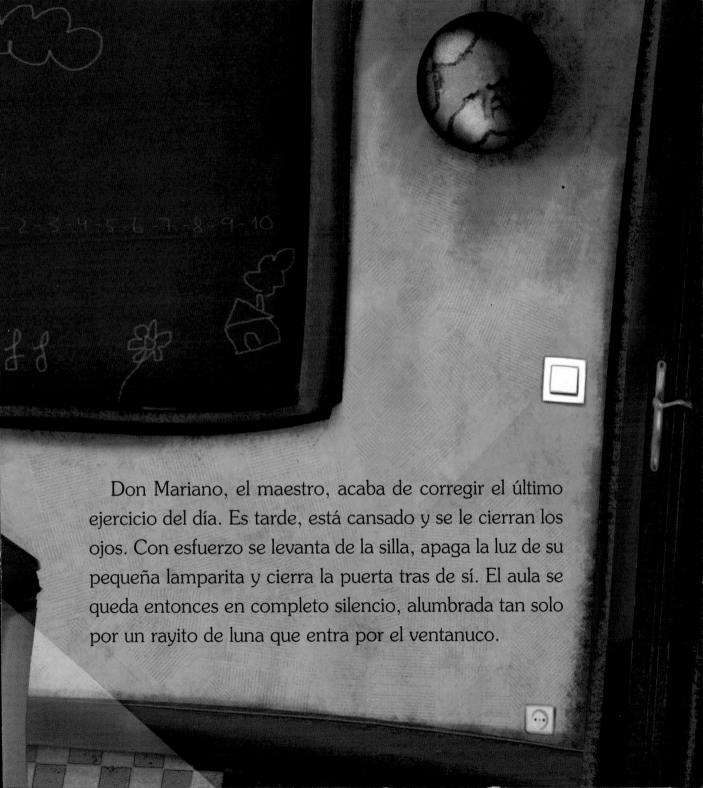

Don Mariano, el maestro, acaba de corregir el último ejercicio del día. Es tarde, está cansado y se le cierran los ojos. Con esfuerzo se levanta de la silla, apaga la luz de su pequeña lamparita y cierra la puerta tras de sí. El aula se queda entonces en completo silencio, alumbrada tan solo por un rayito de luna que entra por el ventanuco.

Pocos segundos después, todas las letras del abecedario, que están en el tablero imantado que cuelga de una de las paredes, se miran unas a otras. Y luego, todas ellas miran a la W. Las letras saben que la W está triste pero, aun así, no pueden comprender por qué ha decidido marcharse, emigrar… y además, a Inglaterra precisamente.

Ella les repite una vez más el motivo de su decisión: nadie la necesita, nadie la utiliza. Los niños juegan a formar palabras con todas las letras, pero nunca la utilizan a ella. Nadie parece necesitar a la W. Ya no hay niños que se llamen Wenceslao y ella no ha estado jamás en una mina de wolframio…

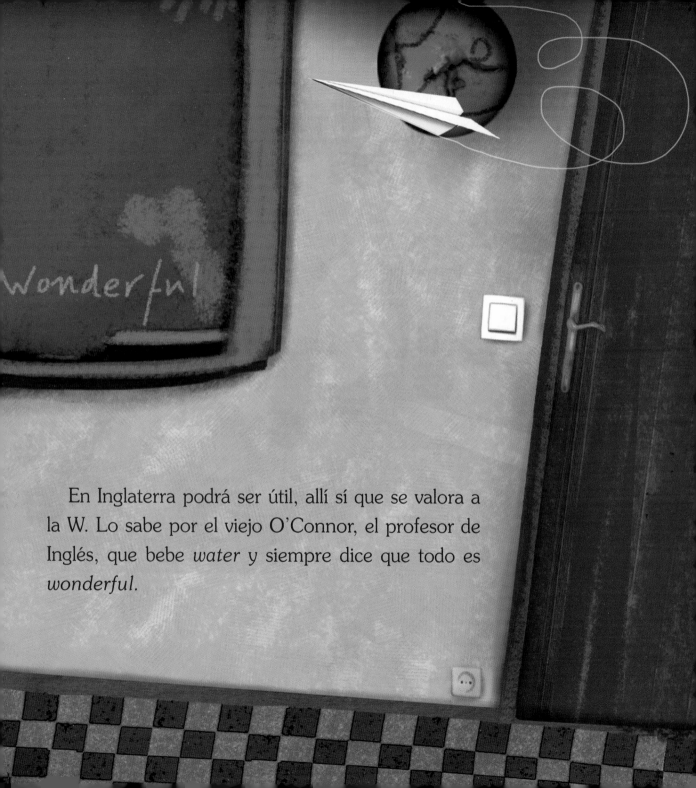

Wonderful

En Inglaterra podrá ser útil, allí sí que se valora a la W. Lo sabe por el viejo O'Connor, el profesor de Inglés, que bebe *water* y siempre dice que todo es *wonderful*.

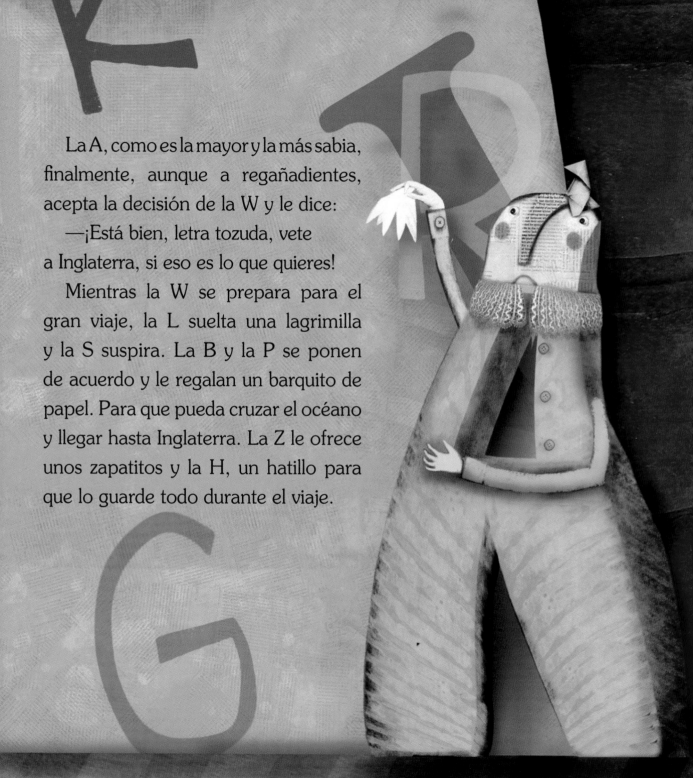

La A, como es la mayor y la más sabia, finalmente, aunque a regañadientes, acepta la decisión de la W y le dice:

—¡Está bien, letra tozuda, vete a Inglaterra, si eso es lo que quieres!

Mientras la W se prepara para el gran viaje, la L suelta una lagrimilla y la S suspira. La B y la P se ponen de acuerdo y le regalan un barquito de papel. Para que pueda cruzar el océano y llegar hasta Inglaterra. La Z le ofrece unos zapatitos y la H, un hatillo para que lo guarde todo durante el viaje.

La W se marcha esa misma noche. Abandona el aula por la ventana mientras la luna le ilumina para que no se caiga. Camina durante muchas horas, durmiendo de vez en cuando bajo los pequeños arbustos. Atraviesa calles repletas de coches y gente apresurada. Nadie la ve, porque nadie la necesita.

Finalmente encuentra un riachuelo. Saca su barquito de papel y se sube en él, segura de que la llevará hasta Inglaterra. La W navega durante horas y horas, pero apenas hay viento y el barco se moja y se deshace. De repente, una manita pecosa la rescata del agua. ¡Qué sorpresa! ¡Es un niño pelirrojo y con pecas, y se parece a Mr O'Connor!

—*Weird, wonderful!* —exclama el pequeño, contento ante su descubrimiento.

Pero su madre, que está junto a él, le obliga a tirarla de nuevo al riachuelo.

—¿Para qué quieres una W, Charles? En Inglaterra tenemos esa letra hasta en la sopa… Si al menos fuera una Ñ lo entendería, pero una W… Una W es de lo más vulgar en nuestro país…

Ahora sí que llora la W. Su sueño, completamente roto. La han llamado vulgar y eso ya es el colmo de lo que puede soportar. Se deja llevar por la corriente a ninguna parte, sin esperanza alguna...

La luna, que desde el cielo lo ha visto todo, pide ayuda a sus amigos el viento y las nubes.

—Pobre W. ¡Vamos a devolverla adonde pertenece! —les dice.

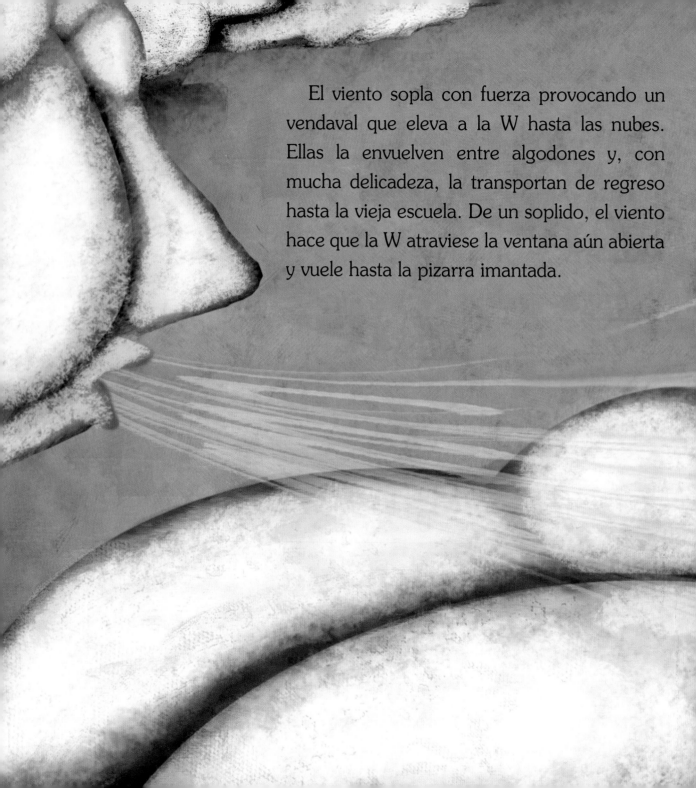

El viento sopla con fuerza provocando un vendaval que eleva a la W hasta las nubes. Ellas la envuelven entre algodones y, con mucha delicadeza, la transportan de regreso hasta la vieja escuela. De un soplido, el viento hace que la W atraviese la ventana aún abierta y vuele hasta la pizarra imantada.

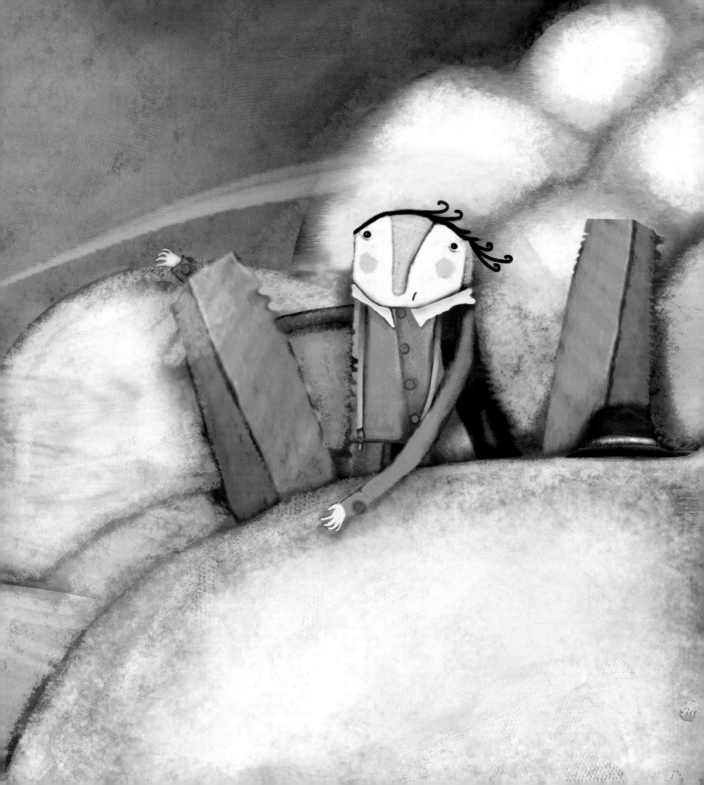

Emocionadas al verla, la H se queda muda y la O se hace mayúscula. ¡Oh! Las demás letras tampoco pueden creérselo. ¡La W ha regresado! Están tan sorprendidas y contentas por su regreso… Pero ella no dice nada y apenas las mira. Está agotada y herida en su corazoncito.

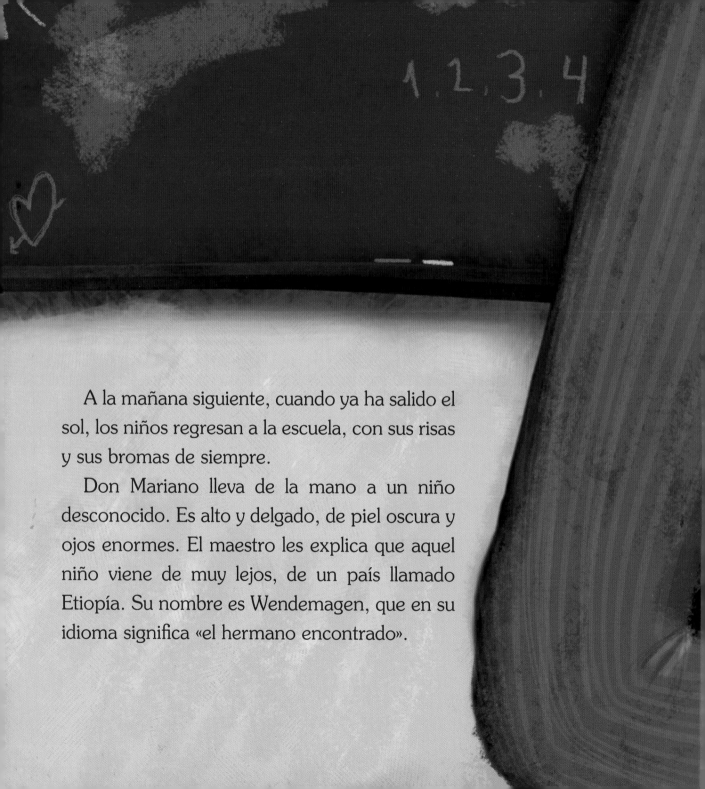

A la mañana siguiente, cuando ya ha salido el sol, los niños regresan a la escuela, con sus risas y sus bromas de siempre.

Don Mariano lleva de la mano a un niño desconocido. Es alto y delgado, de piel oscura y ojos enormes. El maestro les explica que aquel niño viene de muy lejos, de un país llamado Etiopía. Su nombre es Wendemagen, que en su idioma significa «el hermano encontrado».

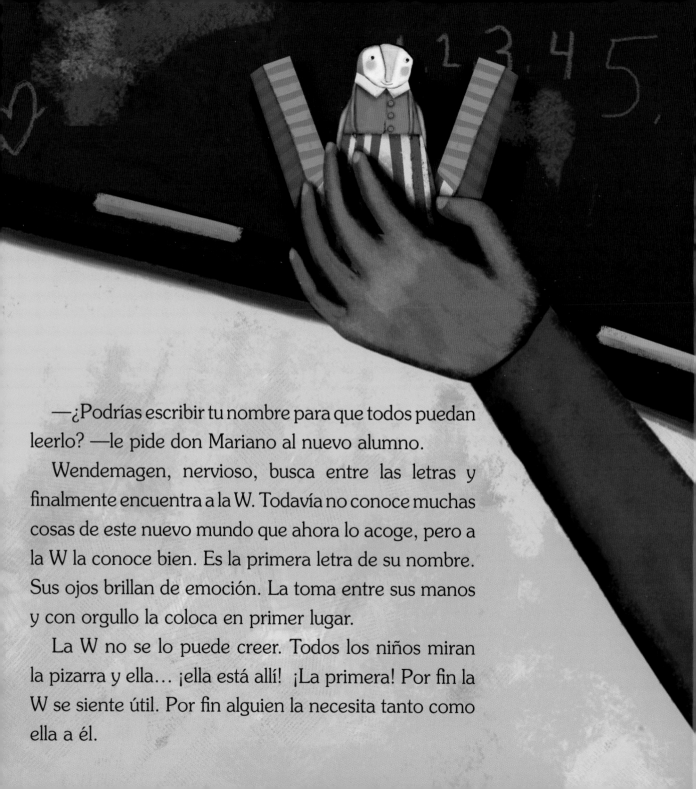

—¿Podrías escribir tu nombre para que todos puedan leerlo? —le pide don Mariano al nuevo alumno.

Wendemagen, nervioso, busca entre las letras y finalmente encuentra a la W. Todavía no conoce muchas cosas de este nuevo mundo que ahora lo acoge, pero a la W la conoce bien. Es la primera letra de su nombre. Sus ojos brillan de emoción. La toma entre sus manos y con orgullo la coloca en primer lugar.

La W no se lo puede creer. Todos los niños miran la pizarra y ella… ¡ella está allí! ¡La primera! Por fin la W se siente útil. Por fin alguien la necesita tanto como ella a él.